MW01634522

FRANZ-VERNAL

Le feu des souvenirs

UNE HISTOIRE DU JOURNAL TINTIN

On parle de moi dans les livres d'Histoire...
Mes aventures rebondissent en cavalcade
dans le journal
Tintin

D 1983/0086/1649

Dépôt légal : Juin 1983
ISBN 2-8036-0419-1

Imprimé en Belgique par Proost sprl.

JUGURTHA ! TU TE SOUVIENS ?.. UN SOIR NOUS ÉTIONS ÉTENDUS COMME AUJOURD'HUI... (1)
?!
(1) LIRE : "LES LOUPS DE LA STEPPE"

OUI, ... TU AVAIS PROFITÉ DE MON SOMMEIL POUR T'ÉCHAPPER À LA FINE POINTE DE L'AUBE ... ET TE LANCER SEULE DANS LA STEPPE...
JUGURTHA ! JE NE T'AI JAMAIS RACONTÉ CE QUI S'EST PASSÉ ENTRE CE JOUR-LÀ, ET LE JOUR OÙ TU M'AS RETROUVÉE À NEAPOLIS DANS LA SUITE DU ROI...

HEU... ET C'EST IMPORTANT QUE TU ME RACONTES CELA, MAINTENANT ?
OUI...

BON JE T'ÉCOUTE !
JE CHEVAUCHAIS DONC SEULE ET SANS ARMES DANS CETTE CONTRÉE SAUVAGE...

C'EST TOI QUI L'AVAIS VOULU NON ?... TU AURAIS PU RESTER AVEC MOI !!
1

J'AI CHEVAUCHÉ TOUT UN JOUR ET TOUTE UNE NUIT POUR M'ÉLOIGNER DE TOI... MAIS EN MÊME TEMPS, J'ESPÉRAIS QUE TU FUS SUR MES TRACES ET QUE TU NE METTES PAS TROP DE TEMPS À ME RATTRAPER.

TE RATTRAPER ? JE TE L'AI RACONTÉ DÉJÀ... J'AVAIS ÉTÉ PRIS DÈS MON RÉVEIL PAR LES SOLDATS DE MITHRIDATE !

LE MATIN DU DEUXIÈME JOUR, JE ME SUIS RETROUVÉE NEZ À NEZ AVEC UN GROUPE DE SCYTHES...
?!
?!
!?

YAHOO !

APRÈS UN MOMENT D'HÉSITATION ILS SE LANCÈRENT À MA POURSUITE.

AHAH AH
AH AHAHAH

AAAAR

QUELLE PANTHÈRE !
HUMPF !
LIGOTEZ-MOI CETTE FURIE-LÀ ! AVEC DES NOEUDS BIEN SERRÉS NOUS EN TIRERONS UN BON PRIX AU MARCHÉ DES ESCLAVES DE NEAPOLIS...

C'EST DANS UNE POSITION TRÈS INCONFORTABLE QUE JE REPRIS LA ROUTE !...

ALORS, VOUS L'AVEZ VUE... QUELLE FILLE EST PLUS JOLIE QUE CELLE-CI !? J'ATTENDS LES OFFRES ... QUI LANCE LES ENCHÈRES ?...
MOI ! J'OFFRE CENT PIÈCES D'OR !
CENT PIÈCES D'OR POUR CETTE FILLE ? IL EST FOU ! DE QUOI ÉQUIPER DIX CAVALIERS BIEN ARMÉS !...
3

HEU!... CENT DIX PIÈCES D'OR!
!?

DEUX CENTS PIÈCES D'OR POUR TOI, MARCHAND!

J'ACHÈTE CETTE FEMME POUR LE ROI DE NEAPOLIS... SI L'UN D'ENTRE VOUS VEUT DONNER PLUS QUE MOI QU'IL S'AVANCE!..
OUI, QU'ON S'AMUSE UN PEU À LUI TRANCHER LA GORGE!...

C'EST AINSI QUE JE ME RETROUVAI DANS LE PALAIS DU ROI DE NEAPOLIS...

IL VINT ME VOIR LE JOUR MÊME
SORTEZ! TOUTES! VITE! LAISSEZ-MOI SEUL AVEC ELLE!
HEY!?
!?

SANS ATTENDRE QUE L'ON AIT FINI DE ME PRÉPARER!
AH?!..

QUI ÊTES-VOUS!?? SORTEZ... IMMÉDIATEMENT DE CETTE PIÈCE!
JE SUIS LE ROI DE NEAPOLIS ET J'AI L'INTENTION DE NE PAS BOUGER D'UN POUCE...

LE ROI DE... HEU!...

-4-

J'AVAIS DEVANT MOI UN HOMME JEUNE ET... HEU TRÈS BEAU... VRAIMENT, JE NE POUVAIS PLUS DIRE UN MOT TELLEMENT J'ÉTAIS ÉBLOUIE ... ÉTONNÉE...

...HEU! JE N'AVAIS JAMAIS VU UN HOMME D'UNE TELLE BEAUTÉ IL ÉTAIT... HEU... BEAU COMME UN DIEU...

SI TU DONNAIS MOINS DE DÉTAILS CE SERAIT TOUT AUSSI BIEN!

JE NE SAIS PLUS COMMENT JE ME SUIS RETROUVÉE DANS SES APPARTEMENTS, J'ÉTAIS COMME DANS UN RÊVE!...

DES SENTIMENTS ÉTRANGES ET PARADOXAUX M'HABITAIENT JE NE PARVENAIS PLUS TRÈS BIEN À ME CONCENTRER...

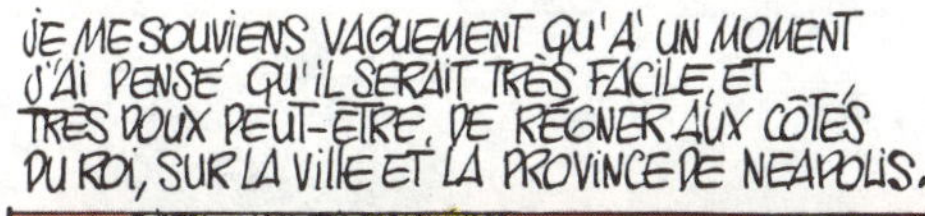
JE ME SOUVIENS VAGUEMENT QU'À UN MOMENT J'AI PENSÉ QU'IL SERAIT TRÈS FACILE ET TRÈS DOUX PEUT-ÊTRE, DE RÉGNER AUX CÔTÉS DU ROI, SUR LA VILLE ET LA PROVINCE DE NEAPOLIS...

À UN AUTRE MOMENT, JE VOYAIS TON VISAGE TU M'APPELAIS... TA VOIX M'ATTIRAIT ET ME FAISAIT PEUR EN MÊME TEMPS...

JE VOULAIS TE DÉTRUIRE, BRÛLER CE VISAGE QUI ME POURSUIVAIT ET COURIR VERS TOI TOUT À LA FOIS POUR TE RETROUVER... JE NE SAVAIS PLUS...

QUELQUES JOURS APRÈS... LE ROI DEMANDA SI JE VOULAIS L'ÉPOUSER...

NOUS ÉTIONS SUR LA TERRASSE LA PLUS HAUTE DU PALAIS QUI SURPLOMBAIT LA VILLE DE NEAPOLIS...
LE ROI ÉTAIT TRÈS AGITÉ... NERVEUX... IRASCIBLE.

NOUS NOUS DISPUTIONS PARCEQUE JE REFUSAIS DE RÉPONDRE À SA QUESTION

IL ARRIVA ALORS UNE CHOSE EXTRAORDINAIRE...

JE REVOYAIS UNE NOUVELLE FOIS TON VISAGE, MAIS C'ÉTAIT LA PREMIÈRE FOIS QU'IL SE SUPERPOSAIT À CELUI DU ROI...

APRÈS, JE NE SAIS PLUS...
TOUT EST CONFUS. JE CROIS QUE J'AI CRIÉ TON NOM...
LE ROI M'A GIFLÉE ET PEU APRÈS, NOUS NOUS BATTIONS...

SLAFF!

LE ROI ÉTAIT TOMBÉ DANS LE VIDE
L'AVAIS-JE POUSSÉ ?...
ÉTAIT-CE UN ACCIDENT ?...
ÉTAIT-CE LUI OU ÉTAIT-CE TOI QUE J'AVAIS REPOUSSÉ AVEC TANT DE VIOLENCE ?...

APRÈS, ON VINT ME CHERCHER... LES PIRATES BRÛLAIENT LA VILLE... IL FALLAIT FUIR... PERSONNE NE SEMBLAIT SAVOIR OÙ AVAIT DISPARU LE ROI...
JE N'AI RIEN DIT, BIEN SÛR...

MAIS TOI !! TU NE DIS RIEN NON PLUS ?

NON! – QUELQUE CHOSE EN TRAVERS DE LA GORGE COMME UN ROI DE NEAPOLIS.

-6-

HAN!

S'IL DOIT SE CALMER... QU'IL SE CALME!

KLIN

JE LUI PARLE D'UN PRINCE QUI M'A AIMÉE IL Y A LONGTEMPS ET VOILÀ QU'IL SE DÉCOUVRE JALOUX... NE PEUT-ON JAMAIS FAIRE DE CONFIDENCES À UN HOMME ?..

SURTOUT, NE RIEN DIRE MAINTENANT... PAS UN MOT... PAS UNE RÉFLEXION... IL N'ATTEND QUE ÇA ! QUE J'OUVRE LA BOUCHE POUR LAISSER ÉCLATER UNE NOUVELLE COLÈRE... ME CHERCHER UNE MAUVAISE QUERELLE...
FRANZ 82

(1) LIRE "MAKOUNDA"

ENVOÛTÉ ! OUAIS ! MAIS COMMENT A-T-ELLE FAIT ?

ET PUIS, IL Y A L'AUTRE ENCORE QUI NOUS SUIT DEPUIS PLUSIEURS JOURS ... SI JE LÈVE LES YEUX, JE SUIS SÛRE QU'ELLE EST ENCORE LÀ !

OUI ... TOUJOURS LÀ ! IMMOBILE ... QUAND ON S'ARRÊTE, ELLE S'ARRÊTE !

ELLE NOUS SUIVRA COMME ÇA JUSQU'À LA FIN ...
LA FIN DE QUOI ?... LA SIENNE OU LA MIENNE, SANS DOUTE ...

... ET PENDANT QUE JE ME QUESTIONNE ET QUE JE M'ANGOISSE, LUI, IL COMMENCE À BOUDER ET PUIS, IL S'AMUSE DANS L'EAU !...

J'AI D'AILLEURS ENVIE D'EN FAIRE AUTANT ...

CELA AURA, AU MOINS LE MÉRITE DE FAIRE ENRAGER DIOLA !...

!?
ATTENTION, DEVANT ! J'ÉCLABOUSSE !

SAIS-TU ... PRRRFT ! QU'ELLE EST ENCORE LÀ ?...
QUI ?
10/4

DIS-MOI, JUGURTHA, TU JOUES L'IDIOT OU TU ES IDIOT ?... QUI NOUS SUIT DEPUIS QUE NOUS AVONS QUITTÉ WABI-CHIBELI ?
LA GUERRIÈRE DIOLA !...

ALORS, JE TE DIS QU'ELLE EST TOUJOURS LÀ ET TU ME DEMANDES QUI ?

ALORS, TU VOIS ELLE VA PEUT-ÊTRE S'APPROCHER DE NOUS POUR TE DÉFENDRE, CROYANT QUE J'ESSAIE DE TE NOYER

TU VAS ME DIRE CE QUE JE DOIS FAIRE, JUGURTHA! ET TOUT DE SUITE! CE QU'ON VA FAIRE AVEC CETTE FILLE QUI NE CESSE DE NOUS SUIVRE ET DONT JE NE SUPPORTERAI PLUS LONGTEMPS LA PRÉSENCE DANS MON DOS...
CALME-TOI! TU AS RAISON C'EST UN SÉRIEUX PROBLÈME...

DANS MON PAYS L'HOMME QUI LE DÉSIRE ET LE MÉRITE PEUT PRENDRE PLUSIEURS ÉPOUSES...
!?!
?

(1) LIRE MAKOUNDA

LA PROCHAINE FOIS QUE TU T'APPROCHERAS D'ELLE, JUGURTHA, IL N'Y AURA PAS DE MOTTE DE TERRE DANS MA FRONDE, MAIS CETTE PIERRE !..

.. JE ... NE BOUGEZ SURTOUT PAS ... NE DITES RIEN !..

WUZZWUZZ

NOKK

OARR

NOK
ARRH !

PFFF !
FRANZ 82

C'EST CURIEUX QUE LE DESTIN NOUS METTE SI SOUVENT EN POSITION DE NOUS SAUVER LA VIE L'UNE, L'AUTRE... SI NOUS DEVENIONS AMIES? OUBLIONS NOTRE QUERELLE...
HUM!...

BON... D'ACCORD!

JE SUIS RAVI DE CET HEUREUX DÉNOUEMENT...
TOI, MON BONHOMME N'EN REMETS PAS TROP CAR TU NE PERDS RIEN POUR ATTENDRE!...
JE VAIS POUVOIR UTILEMENT VOUS GUIDER À TRAVERS CE PAYS PLEIN D'EMBÛCHES...

PLEIN D'EMBÛCHES? ON NE S'EN SERAIT PAS DOUTÉ À VOIR LA BEAUTÉ DES PAYSAGES QU'ILS RENCONTRAIENT...

LÀ-BAS UN NUAGE DE POUSSIÈRE... SÛREMENT UN TROUPEAU...
OU DES CAVALIERS! VITE! SUIVEZ-MOI!

CE SONT DES CAVALIERS KIRDIS...
FRANZ
14/8

(1) LIRE : "MAKOUNDA"

SOMBA, LE ROI DES KIRDIS, AVAIT RÉUSSI À BIEN ASSEOIR SON AUTORITÉ À LA FOIS SUR LES VILLAGES DES KIRDIS ET LES VILLAGES DES KAUS !..

IL AVAIT CONFISQUÉ LEURS AMULETTES MAGIQUES À TOUS LES SORCIERS DE TOUS LES VILLAGES, AINSI, ILS N'AVAIENT PLUS DE POUVOIRS QU'EN PASSANT PAR SOMBA !

SOMBA MORT, LES GUERRIERS KAUS VOUDRAIENT RÉCUPÉRER LEURS MAGIES ET LEURS POUVOIRS QUI GARANTISSENT LEUR AUTONOMIE VIS-À-VIS DES KIRDIS...

BON... ILS ONT DONC RÉCUPÉRÉ LEURS GRIGRIS... ET ALORS !?
TU NE CONNAIS PAS BIEN L'AFRIQUE, JUGURTHA... CE N'EST PAS AUSSI SIMPLE QUE ÇA..!

LE PETIT CLAN DES KAUS QUI DÉTIENT ACTUELLEMENT L'ÉTENDARD VA VOULOIR S'IMPOSER AUPRÈS DE TOUTES LES AUTRES TRIBUS KAUS, MAIS AUSSI AUPRÈS DES VILLAGES KIRDIS. CELA SIGNIFIE QUE NOUS ALLONS TRAVERSER UN PAYS EN PLEINE ÉBULITION !..

UN PEU COMME QUAND VANIA ET TOI VOUS VOUS REGARDEZ DANS LES YEUX, HEIN ?
PIRE QUE ÇA, JUGURTHA !
FRANZ 82

LA MEILLEURE CHOSE QUE NOUS AYONS À FAIRE, JUGURTHA, EST DE RATTRAPER CES GUERRIERS KAUS SI NOUS LE POUVONS ET DE NOUS EMPARER DE L'ÉTENDARD... ALORS, NOUS SERONS INTOUCHABLES PENDANT LE TEMPS QUE NOUS TRAVERSERONS CE PAYS !
ALLONS-Y !
16-10

LES VOILÀ !
?
!

ON NOUS SUIT !!
ILS VONT NOUS ATTAQUER ... C'EST SÛR ...

ET MAINTENANT ... DIOLA ?

TU ME LE DONNES!
AH!

MAINTENANT, VOUS ALLEZ M'AIDER... RAPIDEMENT! AVANT QUE NOUS NE SOYONS ENCERCLÉS PAR TOUTES LES TRIBUS DANS CETTE PLAINE!

CE SONT CES PETITES FIOLES QUE TU DÉSIRES ?!?

VEUX-TU ME DÉFAIRE LES CHEVEUX VANIA ?..
MMH!

CETTE FOIS, LES TRIBUS PEUVENT VENIR... ILS ME PRENDRONT POUR UNE GRANDE SORCIÈRE, ET N'OSERONT PAS M'ENLEVER L'ÉTENDARD COMME ILS L'ONT FAIT AUX GUERRIERS KIRDIS...
POURQUOI ?!..

PARCE QU'UNE SORCIÈRE EN POSSESSION DE TOUTES LEURS AMULETTES PEUT, PAR UN FRONCEMENT DE SOURCIL LEUR LANCER À JAMAIS UN SORT MALÉFIQUE DONT ILS NE POURRONT PAS SE PROTÉGER...
ESPÉRONS QUE TU DISES VRAI CAR LES VOILÀ!
?!

À PARTIR DE CET INSTANT ILS NE NOUS LÂCHERONT PLUS... NOUS SOMMES LEURS PRISONNIERS, ET EUX SONT LES NÔTRES !..

TANT QUE JE TIENDRAI CET ÉTENDARD JE SUIS SACRÉE... ILS FERONT EXACTEMENT TOUT CE QUE JE DIRAI, PRÊTS À IMMOLER POUR MOI TOUTES LES FILLES D'UN VILLAGE OU À ME DONNER EN ÉPOUX LES DIX GARÇONS LES PLUS ROBUSTES DU PAYS... MAIS FRANCHEMENT, MES AMIS, J'IGNORE ENCORE EXACTEMENT CE QUE JE LEUR DEMANDERAI!
!
ELLE NOUS A PIÉGÉS !.. C'EST SÛR!
18

POURQUOI DIOLA NOUS A-T-ELLE SUIVIS AU JUSTE LORSQUE NOUS AVONS QUITTÉ WABI-CHIBELI? ELLE S'EST EMPARÉE DE L'ÉTENDARD SACRÉ DES TRIBUS AUQUEL SONT ACCROCHÉES TOUTES LEURS AMULETTES, LEURS GRIGRIS, LEURS MAGIES... POURQUOI? ELLE S'EST PEINTE LE CORPS ET SE FAIT PASSER POUR UNE PUISSANTE SORCIÈRE.. ILS ONT PEUR D'ELLE, MAIS EN MÊME TEMPS, ILS VOUDRAIENT TOUS RÉCUPÉRER LEURS BRELOQUES QUI PENDENT A' CETTE HAMPE... QUE CROIRE? QU'ELLE ATTIRE ICI LE PLUS DE GUERRIERS POSSIBLE POUR NOUS EMPÊCHER DE FUIR? A-T-ELLE VOULU CE POUVOIR POUR NOUS PERMETTRE DE TRAVERSER CETTE RÉGION SANS DANGER OU PLUTÔT POUR NOUS MIEUX MAINTENIR EN SA SUJÉTION?
REGARDEZ, MES AMIS! ILS SONT TOUS LA' MAINTENANT, LA MOINDRE ERREUR NOUS SERAIT FATALE!..
KLAP
KRAP
!?
?
ILS VONT TRAVERSER SANS VOUS FAIRE DE MAL!.. LAISSEZ-LES VENIR JUSQU'A' MOI!..

(1) LIRE "LE GRAND ZÈBRE SORCIER" ET "MAKOUNDA"

ILS NOUS REGARDENT BIZARREMENT... TU NE TROUVES PAS?
MAIS NON... TU T'IMAGINES DES CHOSES!

QUE FAIT-ELLE MAINTENANT?...
ELLE TRACE UN CERCLE... UN CERCLE MAGIQUE... UN VRAI OU UN FAUX CERCLE MAGIQUE?

VENEZ, MES AMIS! VENEZ AVEC MOI DANS LE CERCLE!

QUE PRÉPARES-TU DIOLA? JE NE TE CACHE PAS QUE MA CONFIANCE EN TOI S'EFFRITE DOUCEMENT!
ET TES SENTIMENTS?
...VOILÀ QU'ELLE RECOMMENCE

IL VA SE PASSER ICI DE GRANDES CHOSES... MAIS L'HEURE N'EST PAS VENUE ENCORE DE TOUT VOUS RÉVÉLER... EN ATTENDANT, JE VOUS DEMANDE DE NE PLUS QUITTER LE CERCLE...
...JE QUITTE CE CERCLE QUAND JE VEUX!

LA PREUVE!

HEU!

TU AS VU JUGURTHA POURQUOI ON NE PEUT PLUS QUITTER LE CERCLE?
DIOLA!... QUE SIGNIFIE?

JE PRÉPARE UNE GRANDE MAGIE ET JE VEUX M'ASSURER DE VOTRE PARTICIPATION...
ELLE DEVIENT FOLLE... VOILÀ QU'ELLE SE PREND RÉELLEMENT POUR UNE SORCIÈRE MAINTENANT!
UNE MAGIE HEIN?...
JE NE PARTICIPE PLUS À AUCUNE MAGIE!
PLUS JAMAIS! TU ENTENDS DIOLÀ? (1)
(1) LIRE "MAKOUNDA"
VOILÀ MAINTENANT TOUT VA POUVOIR COMMENCER!...

QUELS ÉVÉNEMENTS ÉTRANGES ET FABULEUX ALLAIENT AVOIR LIEU DANS LES CERCLES MAGIQUES TRACÉS PAR DIOLA ?...
NON! JE NE BOIRAI PAS CETTE MIXTURE! ...
MAIS SI, TU BOIRAS!
ALLONS VANIA! BOIS! BOIS! ENCORE!
NAN!

JE LE SAVAIS! JE LE SAVAIS! QU'ELLE ALLAIT NOUS JOUER UN TOUR!...
JUGURTHA ET VANIA...
JE VOUS DÉCLARE...
LA GUERRE DES SOUVENIRS!

LA GUERRE DES SOUVENIRS... QUE VEUT-ELLE DIRE ?... ELLE EST DEVENUE COMPLÈTEMENT FOLLE !

... C'EST INUTILE DE TE DÉMENER, DE TENTER QUOI QUE CE SOIT JUGURTHA ! D'AILLEURS LE BREUVAGE VA BIENTÔT FAIRE SON EFFET !...

BREUVAGE ? OUI... UNE DROGUE !... C'EST UNE DROGUE QUE TU NOUS AS DONNÉE !...

SÉRIEUSEMENT CHAUD...
COMMENT FAIRE POUR..

MA TÊTE !
TOURNE !
TOUT TOURNE...

IL EST TOMBÉ, LE BEL OISEAU FOUDROYÉ PAR L'ACTION CONJUGUÉE DE LA DROGUE ET DES FLAMMES.

ROULEZ LES TAMBOURS ! ET QU'AVEC EUX, S'APPROCHENT EN CAVALCADES LES HORDES DE SOUVENIRS EN ARMES QUI DOIVENT À JAMAIS OPPOSER VANIA À JUGURTHA ET JUGURTHA À VANIA, ET LES ÉLOIGNER L'UN DE L'AUTRE POUR TOUJOURS...
ROULEZ TAMBOURS ET FAITES PÉNÉTRER EN MÊME TEMPS QUE VOTRE SON DANS LEURS OREILLES, LE FEU VIF DES SOUVENIRS DÉÇUS DANS LEUR COEUR !...

NON... JE NE DORS PAS... PAS COMPLÈTEMENT... MON CORPS, IL DORT IL NE BOUGE PAS... JE NE PEUX PAS FAIRE LE MOINDRE GESTE... POURTANT MA TÊTE, ELLE, VOYAGE... MON ESPRIT VOLE COMME SI JE TRAVERSAIS DE GRANDS ESPACES...

IL FAIT CALME ICI... ...ET DOUX... JE N'ÉPROUVE PLUS CETTE SENSATION DE CHALEUR INTENSE...

ET LÀ, J'EN SUIS SÛR, C'EST UNE ÎLE... ET JE CONNAIS CETTE ÎLE !...

JE LA RECONNAIS !

CETTE ÎLE, C'EST UTOPIA ! (1) ET SES MAISONS SONT CELLES DE MES AMIS RESTÉS LÀ-BAS !

MES AMIS !

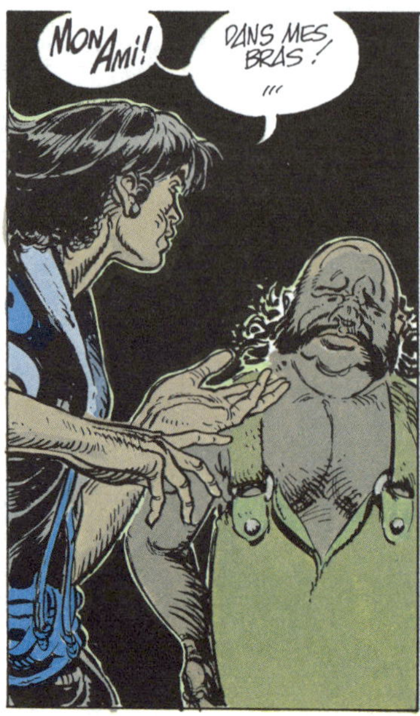

(1)-(2) LIRE "L'ÎLE DE LA RÉSURRECTION"

COMMENT PEUX-TU ABANDONNER TES AMIS ET TON ÎLE POUR COURIR LE MONDE EN COMPAGNIE D'UNE SAUVAGEONNE ?
MAIS !...

ATTENDS ! TU VAS VOIR...

REGARDE !

ET ELLE TU T'EN SOUVIENS !

MAIS... TU ES SVANNÉE... POURQUOI ES-TU SI PETITE ?
L'ÉLOIGNEMENT JUGURTHA ! TU ES TRÈS LOIN DE MOI... C'EST NORMAL QUE TU ME VOIS SI PETITE !

MAIS MAINTENANT ON SE TOUCHE, POURTANT !
OUI, MAIS IL FAUT LE TEMPS QUE TU TE RAPPROCHES VRAIMENT DE MOI !...

REGARDE BIEN ! J'AI GRANDI... TU TE RAPPROCHES DÉJÀ DE MOI !

ATTENDS QUE JE FASSE UN PAS VERS TOI AUSSI...
27

TU VAS VOIR, MAINTENANT QUE NOUS SOMMES PLUS PROCHES, JE NE VAIS PAS TARDER À GRANDIR ENCORE PLUS PRÈS JE SERAI PRÈS DE TES YEUX, PLUS GRANDE JE SERAI DANS TON COEUR!

NOUS SOMMES TRÈS PROCHES
MAINTENANT!
JUGURTHA!

VIENS!
OÙ M'EMMÈNES-TU?...

DANS L'ÎLE!
MAIS CE N'EST PAS POSSIBLE VOYONS, NOUS SOMMES TROP GRANDS!...

MAIS SI!... VIENS!... HA! HA! HA!

HA! HA! HA!... TU VOIS QUE C'EST POSSIBLE... TOUT EST POSSIBLE QUAND ON S'AIME!...
QUAND ON S'AIME?
28

MAIS BIEN SÛR QU'ELLE T'AIMAIT, JEUNE FOU ET QUE CELA FAIT BIEN LONGTEMPS MAINTENANT QU'ELLE ATTEND TON RETOUR...
EST-IL RETENU COMME LE VOYAGEUR ULYSSE PAR UNE PUISSANTE MAGICIENNE AUX CHARMES IRRÉSISTIBLES? NON!...
EST-IL ENVOÛTÉ PAR UNE NOIRE SORCIÈRE AUX YEUX D'ÉBÈNE ET À LA PEAU DE VELOURS? QUE NON!
EST-IL ASSIS PAR FORCE SUR UN TRÔNE AUX CÔTÉS D'UNE REINE DE FER AUX YEUX DE BRAISE?... ENCORE NON!
EST-IL PRISONNIER D'UNE TOILE DONT LES FILS SERAIENT LES GESTES AÉRIENS D'UNE PRINCESSE AU TEINT DIAPHANE?... MILLE FOIS NON!
UNE SAUVAGEONNE
J'AI DIT!
AUX YEUX VERTS...
ET AU VISAGE MANGÉ DE TACHES DE ROUSSEUR!
...ARRÊTE TES GRIMACES! C'EST DE VANIA QUE TU PARLES...
29

(1) LIRE "LA GUERRE DES SEPT COLLINES"

IL NE PENSAIT QU'À DÉTRUIRE ROME... ENCORE LE FEU, LE CARNAGE, LE SANG...

POURQUOI ME SUIS-JE GLISSÉE DANS LA GALÈRE OÙ JE SAVAIS QU'IL ALLAIT PRENDRE PLACE ALORS QU'IL M'AVAIT TÉMOIGNÉ JUSQU'ICI TANT DE FROIDE INDIFFÉRENCE ?

DES PENSÉES CONFUSES OCCUPAIENT AVEC TUMULTE MON ESPRIT... JE ME DISAIS QU'IL M'AVAIT SAUVÉ LA VIE À PLAISANCE ET QUE J'AVAIS UNE DETTE ENVERS LUI... ÉTAIT-CE BIEN CELA QUI M'AVAIT POUSSÉE OU BIEN... JE L'AIMAIS PEUT-ÊTRE DÉJÀ...

UNE TRAVERSÉE HORRIBLE... JUGURTHA FACE À TOUS CES HOMMES... SEUL... UNE TENSION NERVEUSE FOLLE...

JUGURTHA OBLIGÉ DE TOUT FAIRE PARCE QU'IL N'AVAIT VOULU PERSONNE AVEC LUI PENDANT CETTE TRAVERSÉE PLACÉE SOUS DE TRÈS MAUVAIS AUGURES... DES SONGES PRÉMONITOIRES QUE J'AVAIS EUS ET DONT JE L'AVAIS AVERTI...

ET PUIS IL Y EUT LA TEMPÊTE... LA COLÈRE DANS LE CIEL... LES FLOTS DÉFERLANTS...

C'EST ALORS QU'IL DÉCOUVRIT MA PRÉSENCE...
TOI ICI PETITE SORCIÈRE ?
C'EST TOUT CE QUE TU TROUVES À ME DIRE SEIGNEUR ?...

JE T'AVAIS DIT DE NE PLUS ME SUIVRE MAINTENANT, TROUVE UN ENDROIT OÙ T'ACCROCHER ET NE BOUGE PLUS SI TU NE VEUX PAS ÊTRE EMPORTÉE PAR LES FLOTS...

31

C'EST CLAIR! JE N'EXISTE PAS POUR LUI!
Vania
PAS FACILE MAINTENANT DE DÉFAIRE CES LIENS MOUILLÉS!
UN RAMEUR! COMMENT S'EST-IL LIBÉRÉ?...
NON! LAISSEZ-MOI!
LES PIRATES...
JUGURTHA! OÙ EST JUGURTHA!
SI J'AVAIS SU, POUR LES PIRATES, J'AURAIS LAISSÉ CELUI-CI DEBOUT!
32

(1) LIRE "LES LOUPS DE LA STEPPE"

OUI, C'EST ÇA... JE LUI AI SAUVÉ LA VIE... MA DETTE ENVERS LUI EST ÉTEINTE, ET NOUS ALLONS FUIR ...NOUS FUYONS...

HUM! J'AURAIS PRÉFÉRÉ ÊTRE SUR L'ENCOLURE DU CHEVAL ET DANS SES BRAS!...

OUI, COMME ÇA, C'EST MIEUX BEAUCOUP MIEUX! ...

JE POURRAIS... J'AURAIS PU GALOPER AINSI ÉTERNELLEMENT!

ON S'ARRÊTE! ON CAMPE ICI!
QUEL OURS!

JE VOIS DANS LE FEU QUE NOUS NE RESTERONS PAS ENSEMBLE, JUGURTHA!

S'IL REDEVIENT UN HOMME MAINTENANT JE NE M'EN VAIS PAS!!...

?... VANIA ?
34

Vania!
COMBIEN DE TEMPS, COMBIEN D'ANNÉES, VAIS-JE COURIR AINSI!

Vania!

OÙ EST-ELLE MAINTENANT?

SUIVRE CE MUR? PEUT-ÊTRE ME MÈNERA-T-IL À ELLE?...

MAIS POURQUOI LA SUIVRE PUISQU'ELLE SEMBLE ME FUIR?...

MAIS POURQUOI CE MUR EST-IL SI PETIT? QUI M'A DIT QUE PLUS LES CHOSES SONT PETITES, PLUS ELLES SONT LOIN DU COEUR?

SVANNÉE, C'EST ÇA! LA BELLE SVANNÉE DU NORD...? POURQUOI L'AI-JE QUITTÉE? SUIS-JE UN OURS?!! VRAIMENT?... UNE BÊTE STUPIDE?...

QU'AI-JE À FAIRE DE CETTE VANIA QUI ME FUIT?...
35

(1) LIRE MAKOUNDA.

J'ESPÈRE QUE LES HABITANTS NE ME REMARQUERONT PAS TROP À CAUSE DE MES VÊTEMENTS DIFFÉRENTS DES LEURS...

... ILS NE FONT PAS TROP ATTENTION À MOI... J'ESPÈRE QU'ILS NE REFUSERONT PAS DE PARLER AVEC UN ÉTRANGER ?..

VOUS N'AURIEZ PAS VU VANIA ? UNE FEMME À LA PEAU BLANCHE COMME MOI...
PEUT-ÊTRE, ÉTRANGER, FERAIS-TU BIEN D'ALLER VOIR AU PALAIS.

LE PALAIS ? CE DOIT ÊTRE CES BÂTIMENTS AUX TOITS DORÉS LÀ-BAS ...
37

JE NE LA VOIS PAS !...

IL FAUT REGARDER À L'INTÉRIEUR DE CE PALAIS...

HEU !... JE VOUS PRIE DE M'EXCUSER JE VIENS CHERCHER VANIA !...

NE VOUS DÉRANGEZ PAS... D'AILLEURS JE LA VOIS !...

CELA NE VOUS ENNUIE PAS TROP J'ESPÈRE, SI JE VOUS LA PRENDS ?
38

AÏE ! JUGURTHA ! TU ME FAIS MAL... TU SERRES TROP FORT ! ... OH, TU M'ÉTOUFFES !...
ENCORE UNE FOIS TU N'ES PAS D'ACCORD, HEIN ? PEUT-ÊTRE AIMERAIS-TU FUIR ?...

MAIS CETTE FOIS TU NE M'ÉCHAPPERAS PAS... OÙ J'IRAI TU IRAS !...

TU POURRAIS AU MOINS ME DIRE OÙ TU M'EMMÈNES !
JE NE DIS RIEN JE COURS !

NOUS Y SOMMES PRESQUE... JE SUIS IMPATIENT DE VOIR QUI DE SVANNÉE OU DE TOI SERA LA PLUS PETITE !...

SVANNÉE... ! LA PLUS PETITE ! ... JUGURTHA ! QUEL EST CE JEU STUPIDE ?

CE N'EST PAS UN JEU ! LA PLUS GRANDE DES DEUX SERA FORCÉMENT CELLE QUI EST LA PLUS PROCHE DE MOI...
LA PLUS PROCHE DE TOI, QU'EST-CE QUE CELA VEUT DIRE ?...

CELLE QUI M'AIME ET QUE J'AIME... LÀ ! TU ES CONTENTE ?...

SVANNÉE !
NÉE
NE

!?
JUGURTHA! TU ES REVENU!...

HÉ ! DOUCEMENT !
AHAHAH!
!?
40A

JE SUIS FOLLEMENT HEUREUSE JUGURTHA! ...

JE SAVAIS QUE TU REVIENDRAIS HUM!
ET MOI, HEU!... QU'EST-CE QUE JE FAIS PENDANT CES ÉMOUVANTES RETROUVAILLES?

JUGURTHA! TU N'EST PAS VENU SEUL! DIS-MOI!... QUI EST CETTE FILLE?...
VOILÀ, JE VEUX VOIR LAQUELLE DES DEUX EST LA PLUS GRANDE!
...JE POURRAIS... ÉVENTUELLEMENT, TE POSER LA MÊME QUESTION JUGURTHA!!!...
40B

ELLES SONT DE LA MÊME TAILLE... NON!...
C'EST ÉVIDENT JUGURTHA! SI TU TIENS VRAIMENT À FAIRE CETTE EXPÉRIENCE, SACHE QUE NOUS DEVONS ÊTRE EN CONTACT AVEC TOI POUR GRANDIR TE TOUCHER...

BON, MONTEZ CHACUNE SUR L'UNE DE MES MAINS ... ON VA BIEN VOIR...

ON NE VERRA RIEN DU TOUT, DÉPOSE CES DEUX FILLES, JUGURTHA!
40C

DIOLA ! MAIS COMMENT ES-TU ARRIVEE JUSQU' ICI ?

J'AI DIT ! DÉPOSE CES DEUX FILLES ! ...
HÉ LES FILLES VOUS AVEZ VU COMME ELLE EST GRANDE !

HUM !.. C'EST QU'ELLE SE DONNE BEAUCOUP D'IMPORTANCE !
TOUCHE-LA JUGURTHA : TU VAS VOIR, ELLE VA DEVENIR TOUTE PETITE !
VOUS CROYEZ ?

BON ! EH BIEN JE VAIS ALLER LA TOUCHER !

ON VA BIEN VOIR...
TU NE VERRAS QU'UNE CHOSE, JUGURTHA EN ME TOUCHANT JE DEVIENDRAI PLUS GRANDE ENCORE PARCE QUE JE SUIS BEAUCOUP PLUS PROCHE DE TOI QUE TU NE LE PENSES !...
41A

TOUCHE MA MAIN !

NON ! NON !
41B

NON!

DIOLA, TU NOUS AS TROMPÉS AVEC TES SORTILÈGES... TU NOUS AS SOUFFLÉ DES RÊVES MENSONGERS ESPÉRANT ME SÉPARER DE VANIA!
LA MAGIE N'A PAS ÉTÉ EFFICACE!...
42a

ET PUIS D'ABORD...

JE VAIS RESTITUER CECI...
JUGURTHA! NON! NE FAIS PAS ÇA!

... À LEURS PROPRIÉTAIRES!

!
?
!?

HAH!!!!! L'ÉTENDARD MAGIQUE! IL EST À NOUS!
42b

... IL FAUT FUIR MAINTENANT! ...

VITE!

... AAAAGH!! ...

DIOLA! QUE FAIS-TU!.. QU'AS-TU?..? TU ES TOUCHÉE?
NON!... RIEN! CE N'EST RIEN! CONTINUONS ... VITE!

JE... JE VAIS VOUS INDIQUER LE CHEMIN... POUR SORTIR DE CE PAYS!...

43

IL FAUDRA SUIVRE CETTE VALLÉE JUSQU'À LA MONTAGNE... ET LÀ TROUVER LES SOURCES DU NIL... ENSUITE SUIVRE LE FLEUVE JUSQU'AU MOMENT OÙ VOUS TROUVEREZ DES SOLDATS DE ROME... ALORS LA MER N'EST PLUS LOIN... MAIS JE N'IRAI SÛREMENT PAS JUSQUE LÀ... AVEC VOUS...
QU'AS-TU DIOLA ? TU ES SI DIFFÉRENTE D'IL Y A DEUX JOURS LORSQUE TU VOULAIS QUE JUGURTHA PRENNE DEUX FEMMES...

IL FAUT ME PARDONNER SURTOUT POUR LA MAGIE QUE J'AI RETOURNÉE CONTRE VOUS. JE VOULAIS VOUS SÉPARER... C'EST VRAI, MAIS MAINTENANT J'IMPLORE VOTRE PARDON...

VOUS ME PARDONNEZ ?
MAIS BIEN SÛR QU'ON TE PARDONNE, FINALEMENT IL NE S'EST RIEN PASSÉ DE GRAVE...
...NON ! RESTE LÀ ! NE T'APPROCHE PAS, VANIA...

JE VEUX DIRE QU'IL FAUT QUE NOUS PARTIONS SANS PERDRE DE TEMPS. JE RESTERAI UN PEU EN ARRIÈRE POUR M'ASSURER QUE NOUS NE SOMMES PAS POURSUIVIS PAR DES GUERRIERS KAUS OU DES CAVALIERS KIRDIS...

LONGUE EST LA ROUTE PARFOIS ET PLUS TERRIBLE ENCORE LA SOUFFRANCE QUI VA JUSQU'À L'ÉBLOUISSEMENT !...

QUI PEUT DIRE POURQUOI UNE PRÉSENCE QUI S'ESTOMPE DISCRÈTEMENT, EST PARFOIS BRUTALEMENT RESSENTIE ?...

?

VANIA!
!?

JE NE VOIS RIEN!
RETOURNONS SUR NOS PAS! ALLONS VOIR ...

ELLE ÉTAIT BLESSÉE... ELLE N'A RIEN DIT... IL FAUT LA SOIGNER... ENLEVER CETTE FLÈCHE...
JUGURTHA! ... C'EST INUTILE!

COMMENT? ...

ELLE EST MORTE!
45

Coul: GABRIELLE HORVATH

FRANZ
79
JUGURTHA
©ED. DU LOMBARD.